Tomoko Ohmura

Faites la queue !

J'ai un tout petit peu peur...

Oui, moi aussi !

Et un... et deux...

Il y a un monde fou !

C'est pareil à chaque fois...

le lézard
n° 49

la souris
n° 48

la taupe
n° 47

l'écureuil volant
n° 46

l'écureuil
n° 45

la tortue
n° 44

le cochon d'Inde
n° 43

le chat   le singe   le chien   le raton laveur

le castor   le chimpanzé   l'orang-outang   la chèvre   le cochon

le kangourou (bébé)   l'hyène

... cheval de course...

... course à pied...

le cerf   le gorille

... pied à terre...

... terre de feu...

la panthère   le tapir

le phoque   l'ours

le lion   le zèbre

le tigre

l'hippopotame

Enfin, ce n'est pas trop tôt !

Attention au départ !

ouiii

Bloub, bloub, bloub !

SPL

A R R

C'était formidable!

Cela valait vraiment la peine d'attendre!

Je voudrais recommencer!

Voilà, c'est fini pour aujourd'hui.

Les passagers d'aujourd'hui

1	l'éléphant	**26**	l'ourang-outang
2	la girafe	**27**	le chimpanzé
3	le rhinocéros	**28**	le castor
4	l'hippopotame	**29**	le koala
5	le crocodile	**30**	le paresseux
6	le chameau	**31**	la loutre
7	le tigre	**32**	le renard
8	le zèbre	**33**	le raton laveur
9	le lion	**34**	le chien
10	l'ours	**35**	le singe
11	le phoque	**36**	le chat
12	le tapir	**37**	le porc-épic
13	la panthère	**38**	la mouffette
14	le gorille	**39**	la tatou
15	le cerf	**40**	le lapin
16	la vache	**41**	le hérisson
17	le panda	**42**	la belette
18	l'hyène	**43**	le cochon d'Inde
19	le kangourou	**44**	la tortue
20	le sanglier	**45**	l'écureuil
21	le wombat	**46**	l'écureuil volant
22	le loup	**47**	la taupe
23	le mouton	**48**	la souris
24	le cochon	**49**	le lézard
25	la chèvre	**50**	la grenouille

le conducteur : la baleine
le guide : l'oiseau

Traduit du japonais par Jean-Christian Bouvier
ISBN 978-2-211-21076-8
© 2013, l'école des loisirs, Paris, pour la présente édition
dans la collection «Minimax»
© 2011, l'école des loisirs, Paris, pour l'édition en langue française
© 2009, Tomoko Ohmura
Titre de l'édition originale «NANNO GYÔRETSU ?» (Animal's Long Long Line)
(Poplar Publishing Co., Ltd., Japon, 2009)
Édition française publiée en accord avec Poplar Publishing Co., Ltd.
par Japan Foreign-Rights Centre
Loi numéro 49 956 du 16 juillet 1949 sur les publications
destinées à la jeunesse : avril 2011
Dépôt légal : mai 2013
Imprimé en France par Pollina - L63922
Édition spéciale non commercialisée en librairie